Krone SK

Loklenker Stiel

Eine Reise in eine
Welt voll witziger
Gedanken und
finsterster Abgründe

Herstellung und Verlag:
BoD - Books on Demand, Norderstedt
ISBN 978-3-7504-3039-3

Vorwort

Sicher erinnern sich noch viele an die Zeiten, in denen man im Deutschunterricht saß und gespannt, oder doch zumindest angespannt, den Worten des Lehrers oder der Lehrerin lauschte und er oder sie lang und breit über literarische Werke schwadronierte.

Oftmals kam es dann dazu, dass die vereinigte Schülerschaft einzelne Abschnitte oder gar ein komplettes Buch interpretieren musste, wobei dabei nicht die Eigeninterpretation, sondern die Interpretation des Lehrers bzw. die, die er oder sie gern hören wollte, ausschlaggebend war. Besonders beliebt waren dafür literarische Ergüsse, die sich wie ein alter Kaugummi hinzogen und so selbst den Mathematikunterricht paradiesisch wirken ließen.

Mein persönliches Waterloo unter den zu interpretierenden Werken ist dabei die novellistische Studie „Bahnwärter Thiel" von Gerhart Hauptmann – weniger deshalb, weil das Werk zu schwer durchschaubar gewesen wäre, sondern vielmehr, weil sich die Geschichte des Bahnwärters wie ein schlechter Film in bestimmten Szenarien verliert. Und eben diese Szenarien sind es, die Hauptmanns Geschichte für Lehrer so anziehend machen, während sich die Schüler frustriert von der Literatur abwenden.

Doch eben diese Faktoren brachten mich auf die Idee einer Neuinterpretation des Bahnwärters. Mein Ziel dabei war die Verknüpfung zwischen Hauptmanns Naturalismus und dem modernen Verständnis von Literatur – einerseits gut verständlich und mit viel Humor, andererseits tiefgründig und anregend. Das Ergebnis nennt sich Loklenker Stiel.

Zwar diente Gerhart Hauptmanns „Bahnwärter Thiel" als Vorbild und auch als Fundament, doch ist Loklenker Stiel als eigenes Werk, mit eigenen Handlungen und eigenen Charakteren, anzusehen.

Es ist also nicht zwingend erforderlich, Hauptmanns Geschichte zu kennen, sie gelesen oder interpretiert zu haben, um die Geschichte des Loklenkers nachvollziehen zu können, da ausschließlich der Grundgedanke diese beiden Werke miteinander verbindet.

Doch genug der langen Vorrede. Nun beginnt eine Reise in eine Welt voll witziger Gedanken und finsterster Abgründe.

Kapitel 1

Jeden Sonntag, egal, zu welcher Tag- oder Nachtzeit, wobei es sich in den Nachtzeiten doch als einigermaßen schwierig herausstellte, saß der nie krank werdende Loklenker Stiel in der Kirche von Apen im Ammerland. Nun ja, es gab da schon manch-sonntägliche Ausnahmen, beispielsweise, wenn Stiel Dienst hatte oder vielleicht doch einmal krank wurde. Ob letzteres je geschah ist aber ein Mysterium. Man munkelte, dass er zweimal, in zehn Jahren, einer Krankheit Opfergaben erbringen musste. Einmal durch eine Birne, die ihm aus einem vorbeifahrenden Zug vor den Kopf flog, und das andere Mal durch ungeschickte Manöver im halbgeistigen Zustand der Trunkenheit. Doch man kennt das ja: manchmal sind es nur Gerüchte, wobei die Stiege Wein am Loklenkerhäuschen eine eigene Sprache sprach.

Manch einer fragte auch schon, was denn ein Loklenker überhaupt sei. Und manch anderer nahm sogar an, dass dies überhaupt keine Berufsbezeichnung sei. Auch wenn dem so wäre, so würde ein Loklenker trotzdem eine Schranke verwalten und den Zügen zuwinken. Und an ganz spannenden Tagen durfte er sogar die Weichen der Gleise umstellen und damit indirekt die Züge lenken. Und da Zug ja nur das moderne Wort für Lok ist, ergibt sich daraus Loklenker. Das ist nicht nur praktisch, sondern auch im Ansatz kreativ.

Die ersten fünf Jahre seines abwechslungsreichen Berufes musste er den Weg von Apen bis zum Bahnübergangsposten Holtgast allein bewältigen. Das machte Stiel aber nicht sonderlich viel aus, denn er wusste, dass nicht jeder Zug einen Schaffner haben kann, da in Zeiten besonderer Durststrecken ein Fachkräftemangel durchaus vorkommen konnte.

Doch dann, eines schönen, monotonen Tages, zeigte der gesellschaftliche Wandel seine andere Fratze und schenkte Stiel eine schöne, wenn auch schmächtige Blondine, die, so sagten manche Zeitgenossen von Welt, nur mit viel Phantasie zu seiner etwas robusteren Gestalt passte. Und so kam es, trotz der äußerst objektiven Meinungen seiner wissbegierigen Mitmenschen, zur Hochzeit, die natürlich in der Kirche zu Apen, zur großen Abwechslung an einem Sonntag, stattfand.

Zwei Jahre lang saß die detailreich beschriebene Frau nun zusammen mit Stiel jeden Sonntag in der Kirche. Dann war sie weg, der Loklenker jedoch nicht. Denn eine Woche vor dem nicht genau definierten Datum läuteten Glocken, jedoch keine Hochzeitsglocken, sondern die natürliche Reaktion darauf: Todesglocken. Die schmächtige Frau, mit der wir so viel Zeit verbrachten, war gestorben.

Dem Lenker der Loks schien dies, zumindest äußerlich, möchte man den Marktschreiern von Apen Glauben schenken, jedoch nicht sonderlich viel auszumachen. Denn es blieb bei ihm alles wie gehabt: ein akkurat gekämmter Scheitel, die Uniform der Bahn, pflichtbewusst geknöpft bis an die Luftröhre, war sauberer denn je. Die einzige Neuheit war, dass er seinen Kopf leicht senkte, bevor er in der Kirche anfing zu singen, den Ton nur halbherzig treffend, aber dafür aus voller, vom Knopf bedeckter Kehle. Und aus diesem Grund beschloss das allwissende Volk des Dorfes Apen, dass Stiel seine Frau nicht vermisse. Die Bekräftigung dieses, in göttlicher Weisheit, tadellos gefällten Urteils erhielt die hiesige Bevölkerung dadurch, dass der Loklenker nur ein Jahr nach dem Tod seiner Frau mit einer neuen Dame, einer kräftigen und angerundeten Metzgermeisterin aus Buxtehude, vor dem Altar stand. Selbst Pfarrer Pfaffe fragte liebevoll, und keinesfalls aufdringlich, nach den Gründen von Stiels unsäglichem Verhalten, als dieser seine neue Hochzeit anmeldete:

"Jetzt mal im Ernst, Stiel, haben Sie es wirklich so nötig?"
"Naja, es ist wie nach einem Betriebsunfall. Der Schaden muss ersetzt werden!"
"Das klingt einleuchtend und im Sinne der Kirche. Aber selbst die Inquisition hat sich manchmal ausgeruht."

"Mein Junge ist aber zurzeit maximal ein Inquisitiönchen und braucht Führung!"

Stiels erste Frau hatte nämlich ein Kindlein zur Welt gebracht, aber dieses belanglose Detail muss erst an dieser Stelle beiläufig erwähnt werden. Und wenn wir schon von belanglosen Details sprechen: das Kind trug den Namen Olaf.

"Ach ja, der Bub", sagte Pfarrer Pfaffe und schlug sich mit seiner Hand dermaßen stark an die Stirn, dass man meinen konnte, es wäre schon wieder Sonntag. *"Stiel, einem Mann mit solch einem tadellosen Beruf zu widersprechen war töricht von mir. Sie haben Recht! Wo kommt Olaf denn unter, wenn Sie bei der Arbeit sind?"*

Geht man rein nach dem Namen des Kindes, so könnte man denken, dass Stiel es währenddessen auf einem Wikingerschiff unterbrachte, doch dem war natürlich nicht so, wie wir gleich erfahren werden.

Der Loklenker begann nun also Pfarrer Pfaffe zu erzählen, dass Olaf immer bei einer alten Frau unterkam. Zuerst erschreckte es ihn ein wenig, dass die alte Frau den Spitznamen Knusperhexe trug, doch es beruhigte ihn letztlich, dass der Junge nur einmal eine kleine Verbrennung davontrug, aber nie in der Nähe des Backofens war.

Die Knusperhexe hatte auch eine Schaukel in ihrem Garten, erzählte Stiel. Doch leider stand die Schaukel etwas zu nah an der Hauswand, weshalb Olaf auch noch eine ziemliche Beule mit nach Hause brachte. Doch zum Glück war die Beule nicht an derselben Stelle wie die Verbrennung. Stiel meinte auch, dass es so nicht mehr weitergehen könnte, denn Olaf brauchte besondere Pflege, da er so aussah, als wäre er als Gemüse auf einer Spargelplantage aufgewachsen. Und wenn diese ganzen Gründe nicht ausreichen würden, um eine Metzgermeisterin zu heiraten, dann kann mit der Welt etwas nicht mehr stimmen.

Nachdem die Diskussion endlich zu Ende war und Stiel und Metzgermeisterin Uschi nun verheiratet waren, sah man nun diese beiden jeden Sonntag in der kleinen Kirche zu Apen.

Rein optisch passten die beiden recht gut zusammen: er war etwas rundlich geraten und bei ihr konnte man sich die Frage stellen, ob sie in Buxtehude nicht vielleicht eher das Objekt der Metzgertätigkeiten war. Aber ein Blick auf ihre Oberarme genügten, um zu sehen, dass kein Schwein bei ihr etwas zu lachen hatte.

Hegte Stiel heimlich den Wunsch, eine Frau an seiner Seite zu haben, bei deren bloßer Anwesenheit alle Wildschweine im Wald denken mussten, dass die Gallier zurück wären, so wurde ihm dieser Wunsch sicherlich erfüllt. Allerdings hatte er zur Erfüllung des Wunsches auch einiges in Kauf nehmen müssen: Uschi konnte nicht kochen! Das Fleisch, welches sie zubereitete, war immer sehr hart, als wäre es von einer Steinschale bedeckt. Außerdem fing sie bei der Zubereitung manchmal plötzlich an, das Fleisch grundlos anzuschreien und zu beleidigen, sodass so mancher Apener am Abend am Hause vorbeiging und sich selbst wohl wissend zunickte und sich dabei dachte, dass Stiel sich eine noch gewaltigere Maschine als den kaiserlichen Sonderzug angelacht hatte. Trotzdem kochte Uschi das Fleisch mit brutaler Leidenschaft. Der Loklenker war wirklich nicht zu beneiden. Als kleiner, beinahe unbedeutender Wermutstropfen kam noch hinzu, dass Uschi charakterlich in etwa so war, wie sie auch das Fleisch zubereitete. Man könnte beinahe sagen, dass Stiel selbst das Fleisch war, das von Uschi gerne roh verzehrt wurde.

Die Metzgermeisterin selbst konnte sich ziemlich glücklich schätzen, da nicht jede Frau von sich behaupten konnte, ein solch schweigendes Lamm zu Hause zu haben.

Stiel hörte sich zumeist ihre endlosen Monologe an und schluckte sie, neben der Flasche Gute-Nacht-Wein, einfach runter. Es sei denn, es ging um Olaf. Die wilde Uschi, wie das Prophetenvolk von Apen sie gerne nannte, neigte nämlich dazu, den kleinen Olaf so zu behandeln, wie wir es schon von Stiefmüttern aus diversen Märchen kennen. Zur Information: das bedeutet nicht gut! Wenn es jedenfalls um Olaf ging, so wurde der Loklenker zur

Zugmaschine. Er fuhr in solchen Fällen seine tierische Schönheit von Frau ziemlich grob an und züchtigte sie verbal, bis sie in gewohnter Hackebeil-Manier zurückdampfte. War dies der Fall - und damit wir uns da ganz richtig verstehen, dies war immer der Fall - dann knurrte Stiel noch kurz wie ein großer Brummbär, bevor er sich leise zurückzog, begleitet von einem hyänenartigen Kichern der Fleisch-Utensilien-Zubereitungs-Spezialistin. Aber ohnehin wurden diese Widerstände des Loklenkers immer seltener, bis er schließlich ganz verstummte und Uschi das komplette Kommando überließ.

Apropos Kommando: Stiel liebte immer seinen Ort der Ruhe, nämlich seinen knuffigen Arbeitsplatz, der so seelenruhig inmitten des Waldes lag. Doch auch das änderte sich. Denn der indirekte Lenker der Loks zählte nun ungeduldig die Stunden und die Minuten, bis er endlich nach Hause schwingen konnte. Neben ihrer Klopsherstellungsmentalität hatte Uschi nämlich noch andere Qualitäten, die Stiel durchaus in den Bann zogen. Da dies ein kinderfreundliches Buch sein soll, drücke ich es jetzt mal so aus: Uschi verstand sich auch in der Weiterverarbeitung von Wurstwaren. Und ein ganzer Kerl, welcher der Loklenker nun einmal war – manchmal - wusste diese Art von Produktionsabläufen durchaus zu schätzen. Er schätzte es so sehr, dass er schließlich in der

Abhängigkeit der Buxtehuderin war, zumindest eine Zeit lang.

Der Weichen-Umstell-Fachangestellte Stiel war sich aber im Klaren darüber, dass er einen Ausgleich brauchte. Und so erklärte er kurzerhand den Bahnübergangsposten Holtgast, also seinen Arbeitsplatz, zu seinem neuen Heiligtum, das nur er betreten durfte. Und wahrhaftig war es ihm bis dato gelungen, die wilde Uschi von dort fernzuhalten. Ihm folgen konnte sie auch nicht, da sie nicht einmal wusste, wo sein Arbeitsplatz genau lag.

Und was machte Stiel nun in seinem Heiligtum? Er sprach mit Geistern! Um genau zu sein: mit dem Geist seiner ersten Frau, mit der er eher auf mentaler Ebene verbunden war. Im Geiste sprach er beinahe täglich mit dem Geist der ersten Frau. Er legte Blumen aus, bildete Steinkreise, formte Äste zu einem Pentagramm und genoss die spirituelle Erfahrung. Ach ja, und nebenher arbeitete er auch immer Mal wieder.

Es gab aber trotzdem immer einen Tag im Monat, an dem der Loklenker in seiner Spukecke, zumindest kurz, Besuch bekam. Nämlich dann, wenn der Lieferant kam. Zumindest wurde dieser Mann vom Loklenker als Lieferant bezeichnet. Was er nun wirklich war, vermag ich an dieser Stelle nicht zu erläutern. Aber das Wort Lieferant stimmte irgendwie schon, denn ein wirklicher Austausch von

Informationen oder eine konspirative Vereinbarung fanden dabei nie statt.

Der Austausch, der in Wahrheit stattfand, war eher feucht-genüsslicher Natur, zumindest für Stiel. Soll heißen: leere Weinflaschen wurden gegen volle getauscht. Der arme Lieferfritze saß dabei immer auf dem Trockenen, da man die leeren Flaschen noch nicht einmal gegen Pfand umtauschen konnte. Die Arbeitstage des Schienen-Beobachtungs-Spezialisten zumindest waren aber erfüllt von lebendigen Geistern und Mentalitäts-Erweiterungs-Flüssigkeiten.

Und so zog die Zeit ins Land.

Olafs Entwicklung war von Langsamkeit erfüllt. Er konnte erst im fortgeschrittenen Alter notdürftig sprechen und sein Aufschwung zu einem aufrechten Gang konnte man an vielen Kalendern ablesen. Papa Stiel kümmerte sich jedoch sehr liebevoll um seinen kleinen Sohn. Die Zuneigung von Stiefmutter Uschi nahm jedoch rapide ab. Vermutlich erhoffte sie sich, dass Olaf ein fleischgefüllter Berg von einem Mann wird. Doch in dieser Hoffnung wurde sie enttäuscht. Hatte sie Olaf ursprünglich als ein großes Steak angesehen, so musste sie nun feststellen, dass er eher die Beilage auf dem Tellerrand war, die nie jemand haben will. Und das ließ sie den Jungen auch spüren. Dies wurde besonders schlimm, als Uschi ebenfalls ein Kind zur Welt brachte. Das neue

Familienmitglied war ein kleines Mädchen mit dem Namen Chantal.

Und für Olaf begann ab diesem Moment die schlimmste Zeit seines bisher sehr kurzen Lebens. Denn wenn Stiel an seinem Geist-Beschwörungs-Bahnübergangs-Weinstübchen war, dann wurde der kleine Junge unaufhörlich von seiner Stiefmutter erniedrigt, gedemütigt und mental misshandelt. Jeder, der den Jungen sah, bemerkte, wie es ihm immer schlechter ging. Einzig der Loklenker bemerkte nicht den Sturm, der bereits dabei war, einen unwiederbringlichen Schaden zu hinterlassen.

Kapitel 2

Es war ein sanfter Morgen eines an sich sehr zerrütteten Junitages. Gegen sieben Uhr in der Früh kam Stiel von seinem Bahn-Heiligtums-Häuschen zurück nach Hause. Uschi begrüßte ihn in gewohnter Schnitzelklopfmanier, und begann dann sogleich, ihn durch den Fleischwolf zu drehen. Denn der Loklenker hatte schlimme Dinge getan. Die Schlächterin der Schweine wusste zwar selbst nicht genau, was Stiel eigentlich getan hatte, doch war ihr das, wie immer, ziemlich egal. In typischer Frauen-Hackebeil-Manier war es ihr offenbar von Gott gegeben, erstmal zu bellen, bevor sie feststellen musste, dass der Fehler, für den sie den Loklenker verantwortlich machte, eigentlich bei ihr lag.

Denn bis vor kurzem hatte Familie Stiel einen Pachtacker neben dem Haus, der schon vor einigen Wochen gekündigt worden war. Hackebeil-Uschi war es aber nicht gelungen, einen angemessenen Ersatz zu finden. Und um ihre offenkundige Unfähigkeit zu kompensieren, fauchte sie nun beinahe eine Stunde lang den Loklenker an, weil dieser in ihren verrückten Augen die Schuld daran trug, dass die Familie nunmehr monatlich einen teuren Sack Kartoffeln kaufen musste.

Loklenker Stiel hörte sich die endlosen Vorwurfstiraden zwar augenscheinlich an, schwebte aber in Wahrheit in den Gefilden einer ganz anderen Welt herum. Als Uschi endlich fertig damit war, den ganzen Ort mit der Lautstärke eines Rockkonzertes zu unterhalten, begab sich Stiel zum Bett seines geliebten Sohnes Olaf. Er beobachtete seinen Sohn eine Zeit lang und schaute ihm beim Schlafen zu. Schließlich konnte sich der Loklenker dazu durchringen, seinen kleinen Sohn zu wecken. In den sich öffnenden, eisblauen Augen des kleinen Olaf ließ sich eine helle Freude herauslesen, als wenn der Eismann kommen und ihm eine Schüssel Himmelblau reichen würde.

Papa Stiel half seinem Sohn direkt darauf, sich die Sachen anzuziehen. Und dabei bemerkte Stiel, dass sein kleiner Sohn auf der linken Seite des Gesichtes eine Rötung hatte, die stark danach aussah, als hätte jemand den kleinen Jungen geschlagen.

Im Gesicht des Loklenkers wurde plötzlich eine starke Wut sichtbar. Er war gewillt herauszufinden, ob dieser Abdruck von Uschi stammte. Und sollte es so sein, so besaß Stiel in diesem Moment die Entschlossenheit, Uschi dafür zu bestrafen.

Und so kam es, dass sie alle zusammen beim Frühstück saßen. Uschi wollte gerade erneut damit anfangen, über die Kartoffelplage zu wettern, als der Bahngleisspezialist ihr plötzlich ins Wort fiel. Nun begann in Stiels Geist ein

Machtkampf. Er wollte auf die errötete Stelle in Olafs Gesicht zu sprechen kommen, doch kam aus seinem Mund letztlich etwas ganz anderes. Denn er sagte nur zu seiner Frau, dass ihm sein Chef ein Stück Land unmittelbar in der Nähe seines Loklenkerhäuschens geschenkt hatte. Wohl deshalb, weil das Land für ihn selbst zu sehr abgelegen war.

Uschi schien dies in den ersten, sehr stillen Momenten nicht so wirklich glauben zu wollen. Doch langsam, aber überaus zielsicher, legten sich die Zweifel immer mehr und die Fleisch-Vermessungs-Klopferin hatte auf einmal sehr gute Laune.

An dieser Stelle wäre ein Witz über gewisse Stimmungsschwankungen bei Metzgereitätigkeiten sicherlich angebracht, aber viel zu vorhersehbar.

Die enthusiastischen Nachfragen von Uschi über die Größe und die Beschaffenheit des Landstückes ließen sie auf einmal so wirken, als wäre sie wieder in der Metzgerei zu Buxtehude – also mit vollem Eifer bei der Sache. Als sie alles nur erdenkliche über das, mittlerweile in ihrem Kopf schon zum Acker umfunktionierte, Stück Land erfragt und erfahren hatte, ging, nein… rannte sie direkt in die örtliche Bäckerei, schnappte sich die Glocke des Bäckers, und läutete sie, damit die Leute des Dorfes denken sollten, es gäbe Kuchen im Sonderangebot. Dabei wollte Uschi mit dieser Aktion nur allen Bürgern des schönen Kaffs Apen von ihrem Glück berichten, was sie dann auch ausgiebig tat.

Während Uschi also wie ein Fleischerhammer über die Leute herfiel, wendete sich Stiel seinem kleinen Sohn Olaf zu. Tochter Chantal ignorierte er gekonnt, aber diese war ohnehin wieder eingeschlafen.

Der kleine Junge kniete auf dem Boden und spielte mit einem Kiefernzapfen und einem Stock, beides Mitbringsel des Vaters aus dem Wald.

„Wenn du einmal groß bist…", sagte Stiel mit liebevoller Stimme, in Gedanken froh darüber, dass er „wenn" und nicht „falls" gesagt hatte, *„…willst du dann auch ein Loklenker werden?"*

„Ja. Oder, falls Gott es gut mit mir meint, vielleicht sogar ein Lokmeister.", sagte Olaf mit zarter, aber dafür sehr hoffnungsvoller Stimme. Ob der Junge überhaupt wusste, was das genau bedeutet, sei mal dahingestellt. Doch das Gesicht des Loklenkers wurde auf einmal farbenfroh und sein Mund bog sich derart nach oben, dass man beinahe annehmen konnte, er hätte gerade einen Clown von seinem Hof verjagt.

„Geh spielen, mein Sohn!", sagte Stiel mit erfreuter Stimme, während er bereits dabei war, sich eine Zigarette in den Mund zu stecken.

Nachdem er seine Gesundheitsstange aufgeraucht hatte, entkleidete sich der Lenker der Loks und Vater des zukünftigen Lokmeisters, und ging zu Bett.

Etwa 12 Uhr, Apener Ortszeit, erwachte der Loklenker wieder, kleidete sich an und ging, während er nebenher hörte, wie Uschi ein Brot verprügelte, nach draußen. Dort angekommen, sah er den kleinen Olaf auf der Straße sitzen - und mit einem Stock auf eben jene einschlagend. Stiel dachte vermutlich in jenem Moment, dass sich der kleine Junge eine Menge von Uschi abgeschaut hatte, wenn er jetzt schon auf die Straße einschlug. Doch dann fiel ihm wahrscheinlich wieder ein, dass Olaf nur sehr dürftige Kräfte besaß und deshalb nie die Fleischverarbeitungskünste seiner Stiefmutter erreichen würde. Der Loklenker, ergriffen von solch gruseligen Gedanken, packte den kleinen Olaf bei der Hand und ging mit ihm zum namenlosen Bach hinunter, der vielleicht sogar einen Namen hat, aber im Zuge der Berichterstattung nun zum namenlosen Bach degradiert wird.

Am Bach ohne Namen angekommen, setzte sich der Lenker auf einen monoton anmutenden Stein, der trostlos in der gräulich wirkenden Landschaft herumstand und irgendwie unwirklich, beinahe fehl am Platze, wirkte. Olaf hingegen kniete sich in eine kleine Einkerbung zwischen den üppigen Wurzeln eines Baumes.

Nun begann eine längere Zeit des tiefen Schweigens. Der kleine Junge saß zwischen den Wurzeln und spielte mit einem kleinen Stock, während Stiel, tief versunken in seine eigene Welt, vor- und zurückschaukelte.

Solche Kurzausflüge unternahmen die beiden des Öfteren. Und wenn besonders gutes Kaiserwetter herrschte, dann nahmen sie auch, manchmal zumindest, die kleine Chantal mit, die, genau wie Olaf, eine tiefe Zuneigung zu ihrem Vater zu empfinden schien.

Auch gab sich der kleine Olaf die größte Mühe, seine kleine Halbschwester zu lieben, oder ihr diese Liebe doch zumindest zeigen zu können. Das lag daran, dass Fleischerstiefmutter Uschi die kleine Chantal klar bevorzugte, was den ohnehin schon äußerlich und innerlich schwachen Jungen zusätzlich belastete. Doch der Loklenker hatte eine derart beruhigende Wirkung auf die Kinder, dass jeder mögliche Konflikt, zumindest vorübergehend, unterdrückt wurde.

Gänzlich anders sah es da schon im Hause aus, wenn der Lenker bei seinem Arbeitsheiligtum weilte und die Weichen, wofür auch immer, stellte. Denn zu diesen Zeiten gerieten Olaf und Chantal des Öfteren in Streit, was unter Geschwistern durchaus normal ist. Nur sah Uschi genau das etwas anders. Denn sie neigte dazu, Olaf für jedes noch so kleine Problem verantwortlich zu machen, während Chantal von ihr immer als unschuldig angesehen wurde, ganz gleich, ob sie den Streit mit ihrem Halbbruder begonnen hatte, was sie meistens tat, oder nicht. Selbst das große und weise Volk von Apen bemerkte, wie sehr die Fleisch-Fach-Verarbeiterin ihre leibliche Tochter gegenüber dem Stiefsohn bevorzugte und wie der Junge darunter litt. Hinzu kam zu allem Überfluss auch noch, dass Olaf der irrsinnigen Ansicht war, dass er diese Ungerechtigkeiten vor dem Vater geheim halten müsste, damit die Familie nicht in die Gefahr liefe auseinanderzubrechen.

So verbarg der kränkliche und schmächtige Junge seine innersten Gefühle immer mehr und kämpfte damit, mit seiner eigenen Verzweiflung fertig zu werden. Auch gab er sich immer häufiger selbst die Schuld daran, dass er so ungerecht behandelt wurde.

Und was machte der Loklenker, während sein kleiner Junge innere Qualen litt? Nun, dieser verfiel in alte Gewohnheiten, die sich immer stärker ausprägten. Denn die Anzahl an getrunkenen Weinflaschen stieg, wenn auch nur ausschließlich bei der Arbeit, beträchtlich an. Konnte Stiel in früheren Zeiten jenes Maß halten, welches ihn nur so viel trinken ließ, dass es bereits wieder abklang, wenn er sich auf den Heimweg machte, so hatte er dieses Maß mittlerweile völlig verloren.

Kapitel 3

Es war ein Abend, der eigentlich ebenso spannend ablaufen sollte, wie jeder andere Abend, an dem der Loklenker Nachtschicht hatte: Stiel sollte schlendernd und träumend den Weg zu seinem Wald-Geist-Beschwörungs-Heiligtums-Häuschen nehmen und preußisch-pünktlich bei eben jenem ankommen.

Doch das war an eben diesem Abend anders: Stiel hetzte in den Wald und kam, trotz der Eile, knappe zwanzig Minuten zu spät. Warum er zu spät kam, wusste er selbst nicht genau, denn es gab um ihn herum keine nennenswerten Veränderungen.

Sein Tagesschichtkollege wartete bereits, linkshändig mit einer Flasche Wein verproviantiert, ungeduldig darauf, dass Stiel endlich seiner heiligen Pflicht nachkam.

Als Stiel dann also am Loklenkerhäuschen ankam, deutlich gehetzter als es sonst der Fall war, brummten die beiden Schienen-Mechanik-Umstell-Spezialisten einige Worte zueinander, bis sich der Tagesschichtlenker auf den Weg nach Hause machte. Stiel hörte noch das Echo eines lauten Rülpsens, welches der Kollege, vermutlich nach dem Verzehr eines großen Schluckes Heidelbeerwein, noch von sich gab.

Der Protagonisten-Loklenker konnte sich nun niedersetzen und begann damit, mal wieder, tief in seine Gedankenwelt einzutauchen und sich dieser vollkommen hinzugeben. Das konnte er auch unbesehen tun, da der nächste Zug erst in zwei Stunden zu erwarten war, so es das Schicksal nicht wollte, dass irgendwo auf dem Gleisbett ein Problem auftreten sollte, was einen Schienenersatzverkehr erforderlich gemacht hätte.

Um das Lenkerhäuschen herum tauchten die großen, übermächtig wirkenden Bäume in ein düsteres Grau ein. Der gruselig heulende Wind, ähnlich den mystischen Lauten eines Wolfes, der dem großen, silbern scheinenden Mond seine Ehrerbietung bezeugt, schlug peitschend und mit unfassbarer Präzession auf die himmelsnah thronenden Kronen der am Boden fest verwurzelten Bäume ein. Die riesigen, den eigentlich abendlich gold-gelben Himmel verdeckenden, tief schwarzen Wollen wirkten so, als wären ihnen schwere Wunden zugefügt worden, da das blutgefärbte Rot der Abendsonne mit ihnen um die Hoheit über den Himmel kämpfte. Wie die Projektile der Artilleriegeschütze in der Schlacht von Sedan donnerten Äste von den Bäumen herab zu Boden. Doch dieser große Krieg der Naturgewalten vermochte Stiel nicht von seiner Versunkenheit in die tiefe Welt der Grübeleien abzuhalten.

Diese Welt, so unendlich weit entfernt von allen Uschis, Fleischereitätigkeiten und Gleisbetten, gehörte ganz und gar dem Loklenker. In ihr saß er am Sonntag mit seiner ersten Frau - und Mutter von Olaf - in der kleinen Kirche von Apen. Sie lauschten gemeinsam Pfarrer Pfaffe bei seiner Predigt und erfreuten sich insgesamt ihres Lebens. Plötzlich aber wirkte die Kirche verschwommen und begann, sich langsam zu wandeln. Die Wände der Kirche glichen nun immer mehr alten, feuchten und vermoderten Burgmauern, wie sie besonders in Verliesen zu finden sind. Stiels erste Frau war auf einmal nicht mehr neben ihm, sondern war in das Nichts verschwunden.

Der Loklenker, völlig allein in diesem unendlichen Kerker, rannte verzweifelt los, um die Frau oder zumindest den Ausgang zu finden.

Nachdem er die unendlich wirkenden Kellergewölbe passiert hatte und noch immer kein Ende in Sicht war, setzte er sich auf den Boden seiner Gedanken und wartete darauf, dass sich wieder etwas veränderte.

Und wahrhaftig: vor dem Loklenker erschien plötzlich ein großes Loch im Boden, dass schier bodenlos war. Zuerst hielt er inne und sorgte sich darum, was dort unten lauern könnte. Doch dann kam er zu dem Schluss, dass er nicht mehr zurück könne, da er einerseits wissen wollte, was sich dort unten verbirgt und andererseits befürchtete, dass seine erste Frau dort unten gefangen sein könnte.

Langsam beugte er sich dem Loch auf dem Boden zu, als es auf einmal wieder verschwand. Stattdessen begann der Kerker langsam zu verschwimmen und dieses finstere Gewölbe wandelte sich mehr und mehr zu etwas, was erst nur sehr verschwommen zu erkennen war.

Als sich erste Strukturen zu einem Bild formten, sah sich der Loklenker der Frage gegenüber, welche dunklen oder glücklichen Erinnerungen seinen Kopf einzunehmen drohten. Hatte er überhaupt glückliche Erinnerungen, ganz abseits von seiner ersten Frau?

Das Bild, welches für ihn nun klar zu erkennen war, sprach zunächst dafür. Stiel sah in dieser Erinnerungssequenz einen Raum mit einem Bett, einem Tisch und einem Holzschaukelpferd darin, alles aus massivem Eichenholz, das er noch förmlich riechen konnte.

Also war es doch eine glückliche Erinnerung des Zug-in-Richtung-Bahnhof-weisen-Gehilfen-Lenkers? Das nervöse Zucken, das Stiel in der tiefen Einsamkeit des dunklen Waldes an den Tag legte, sprach nicht sonderlich dafür. Im Gegenteil: seine Erinnerung sorgte nun dafür, dass das Zimmer sich abdunkelte.

Es zeigte nun ein völlig neues Bild: einen kleinen Jungen; der auf dem Schaukelpferd saß und hin- und herwippte.

Dieser Junge, klein und zierlich und davon träumend ein Ritter zu sein, war niemand geringeres als Stiel in seinen sehr jungen Jahren. Er schaukelte fröhlich und sorglos, kämpfte gegen erdachte Drachen, Trolle und Riesen, als plötzlich ein lauter Schrei von außerhalb des Zimmers zu hören war.

Es war Mutter Stiel, die völlig ungehalten in das überschaubare Zimmerchen stürmte.

In dem kurzen Augenblick zwischen dem Hereinstürmen und dem Moment, in dem sie die Tür hinter sich zuschmiss, ließ sich erkennen, dass außerhalb des Zimmers eine ähnliche Dunkelheit herrschte wie in dem kleinen Raum des zukünftigen Loklenkers.

Sie fuhr den kleinen Stiel völlig hysterisch an und befahl ihm, nicht solch unsinnige Spiele zu spielen, da er sonst als Bahnmitarbeiter enden würde. Dann verschwand sie unter dem Donnern der Tür wieder.

Der kleine Junge zog nun eine etwas traurigere Mine auf und schaukelte weiter, wobei sein Schaukeln nun langsamer war als zuvor.

Nach und nach dunkelte sich der Raum immer weiter ab, sodass es wirkte, als liege ein violetter Filter darüber.

Diesmal war ein lauter Knall von außerhalb zu hören, worauf eine längere Ruhepause folgte, in der der kleine Stiel auch nicht mehr schaukelte. Nach dieser Pause, die sich gefühlte fünf Minuten hinzog, aber in Wahrheit vielleicht 15 Sekunden andauerte, flog die Tür plötzlich in einer Art auf, dass man meinen konnte, ein Spezialkommando hätte sich im Raum geirrt. Vater Stiel betrat wütend den Raum, wobei unklar war und blieb, warum er überhaupt wütend war. Es war offenbar einfach so.

Der Vater stand vor dem kleinen Jungen, schaute ihn mit zornverzerrter Mine an und gab dem Kleinen plötzlich mit der flachen Hand einen Schlag auf die linke Wange. Der Schlag zog ein Echo nach sich, das mehrfach durch den kleinen Raum schallte. Verständlicherweise fing der kleine Junge, der durch den Schlag vom Schaukelpferd fiel, bitter an zu weinen. Dieses Kinderweinen, welches jedes noch so harte Herz hätte erweichen lassen, schien den Zorn des Vaters aber nur noch mehr anzufachen. Er brüllte, dass das Kind nicht so ein Weichei sein solle, zog es am Nacken nach oben, ballte seine Hand zur Faust und schlug mit dieser zu.

Dieses abscheuliche Verhalten wiederholte sich immer wieder für die nächsten zehn Minuten. Dann verschwand der Vater unter Türgedonner wieder. Der kleine Stiel lag schluchzend und weinend am Boden und rührte sich ansonsten nicht mehr.

Dieses grauenvolle Bild war das Letzte, was Stiel sah, als er plötzlich schweißgebadet seine tränenden Augen öffnete. Es sollte dies nicht das letzte Mal gewesen sein, dass er solcherlei Qualen immer wieder in seinen Gedanken über sich ergehen lassen musste.

Als er diese körperlichen und seelischen Misshandlungen einst nicht mehr ertragen konnte, floh er aus seinem Elternhaus und wuchs die restlichen Jahre bis zum Mannesalter in einem Waisenhaus auf, was zwar auch nicht sonderlich angenehm war, aber doch besser als bei den verhassten Eltern.

Die überaus prägenden Erfahrungen seiner frühesten Kindheit verfolgten Stiel nun immer öfter und immer stärker.

In dieser Nacht, in der Einsamkeit des dunklen Waldes, konnten die Bäume das leise Flüstern des Loklenkers vernehmen, was immer wieder nach außen trug, dass es Olaf niemals so ergehen würde. Es war nicht das erste Mal, dass die Bäume dies vernehmen durften, doch blieben diese Rufe ohne dauerhaftes Echo, da sie in den unendlichen Tiefen der Wälder wieder verstummten.

Kapitel 4

Es war ein sonniger, wenn auch nicht mehr so warmer Spätsommermorgen. Der Loklenker schlenderte gemütlich durch den Wald in Richtung seines Arbeitsheiligtums, umweht von den langsam rötlich werdenden Blättern, die sich tanzend um ihn bewegten und zum Teil so wirkten, als würden sie ihn einkreisen.

Das Rot der Blätter und die golden scheinende Sonne bildeten gemeinsam einen Farbkontrast, der nur schwer darauf schließen ließ, dass in wenigen Monaten viele Blautöne dominieren würden.

Stiel war nicht mehr sonderlich weit vom Arbeitsplatz entfernt, als ihm plötzlich auffiel, dass er seine Butterbrote zu Hause vergessen hatte. Da er wusste, dass der nächste Zug erst in vielen Stunden kommen würde und dass der Nachtschichtlenker ohnehin nicht warten würde, bis Stiel dort angekommen wäre, drehte er sich um und ging nochmal in Richtung Apen.

Auf dem langen Waldweg hatten sich nun die meisten Blätter niedergelegt. Nur noch wenige von ihnen tanzten auf dem kaum noch wehenden Wind.

Da es durchaus eine nicht zu unterschätzende Strecke war, die der Loklenker zurücklegen musste, hatte er wieder einmal Zeit, sich seinen Gedanken hinzugeben, was auch nebenher noch daran lag, dass er den ganzen Weg praktisch im Schlaf beherrschte.

Er dachte darüber nach, dass die schrecklichen Erinnerungen an seine Kindheit nun ziemlich häufig Besitz von ihm ergriffen. Mit all seinen geistigen Kräften versuchte er herauszufinden, wie er dies alles deuten solle. Immerhin ließen ihn seine Erinnerungen einst in Ruhe. Und zwar zu der Zeit, in der Olaf geboren wurde. Genauer gesagt: in der Zeit, als seine erste Frau noch lebte und mit ihm zusammen in der kleinen Kirche zu Apen saß.

Erstmals nahm Stiel bewusst wahr, dass er einzig in dieser Zeit, eben als seine erste Frau noch am Leben war, wirklich davon sprechen konnte, glücklich gewesen zu sein. Er, sie und der kleine Olaf – dies schien rückblickend die Erfüllung aller Träume in sich verborgen zu haben. Erst der unbarmherzige und grausame Tod nahm ihm dieses Glück wieder.

Unweigerlich musste der Loklenker nun meinen, dass das Schicksal einen grausamen Humor besitzt, da es ihm zuerst das Glück nahm und dieses dann noch mehr zum Unglück wandelte, als es ihm dann auch noch Uschi schickte.

„Aber ich habe mir Uschi doch selber ausgesucht.", dachte sich Stiel dann kurzzeitig.

Doch dieser Gedanke verschwand schnell wieder und wich dem Bewusstsein, dass er sie nur aus der Not heraus geheiratet hatte. Immerhin brauchte der kleine Olaf eine Mutter.

„Wenn aber Uschi nun plötzlich sterben würde, wie sollte es dann weitergehen?", war die nächste Frage, die sich der Meister der Lokumleitungen nun stellte. Würde er sich die nächste Frau suchen?

Das müsste er ja zwangsläufig, da Olaf und Chantal ja immerhin eine weibliche Bezugsperson bräuchten, die die Kräuterhexe von nebenan wohl kaum sein könnte.

Aber wäre diese neue Frau denn auch so ein Schreckgespenst wie Uschi? Könnte die neue Frau vielleicht die Lücke füllen, die seine erste Frau bei ihm hinterlassen hat? Was wäre, wenn sie in die Stadt ziehen wollen würde? Müsste er sein behutsames Landleben dann aufgeben?

All diese Fragen beschäftigten Stiel auf dem Weg zu seinen Butterbroten.

„Warum denke ich das? Uschi lebt doch noch.", seufzte der Loklenker leise vor sich hin.

Uschi war noch da – Stiel hingegen schien sich langsam in der Welt seiner Gedanken aufzulösen.

Ohne jede Vorwarnung tauchte der Segensgeber vorbeifahrender Züge plötzlich wieder aus seiner

Gedankenwelt auf und war wieder in der Welt, die gemeinhin als Realität bezeichnet wird.

Vor ihm lag Apen und es machte sich ein Gefühl des Unbehagens in ihm breit. Warum dies so war, wusste Stiel selbst nicht so genau, doch irgendetwas in ihm drängelte ihn plötzlich, ganz schnell zu Olaf zu wollen.

Als er dann vor seinem Haus stand, wurde dieses Gefühl sogar noch stärker. Stiel stellte sich die Frage, warum dieses Gefühl nun komplett von ihm Besitz zu ergreifen drohte und bemerkte dabei nur sehr langsam, dass es eben jene Gedanken waren, die das Auffinden der Ursache verzögerten.

Der Loklenker öffnete die Tür und hörte sofort eine Art Schluchzen. Er stellte fest, dass dieses Geräusch aus dem Zimmer von Olaf kam. Stiel eilte zu seinem kleinen Sohn und erblickte eine Szenerie, die ihm das Blut in den Adern gefrieren ließ.

Da lag der schmächtige Olaf weinend in seinem Bett und über ihm stand Uschi, die eine Geste machte, als wolle sie ihn schlagen. Das Gesicht des kleinen Jungen hatte aber bereits eine rote Stelle, was dafür sprach, dass sie ihm bereits einen Schlag verpasst hatte. Bevor Stiel irgendetwas sagen konnte, schlug Uschi bereits erneut zu und brüllte, dass Olaf gefälligst aufhören solle zu heulen und dass er eine Memme sei, was ihn natürlich nur noch mehr zum Weinen brachte.

„Ich habe dir oft genug gesagt, dass du deine Schwester nicht ärgern sollst! Und anstatt immer nur zu spielen, kannst du dich auch mal zu Hause nützlich machen. Aber du bist ja ganz offensichtlich zu nichts zu gebrauchen!", schrie Uschi den bitter schluchzenden Olaf an.

Stiel, erstarrt von der Darbietung, die er gerade über sich ergehen lassen musste, räusperte in einem wutschnaufenden Ton, sodass Uschi mit einem halb-epileptischen Zucken realisierte, dass er anwesend war. Sie drehte sich langsam zu ihm um und versuchte dabei ihr kreidebleiches Gesicht zu verbergen, indem sie ihre Hände darüberlegte. Mit einem einerseits erschrockenen, andererseits aber auch ängstlichen Gesicht schaute sie den Lenker an, ohne dabei auch nur ein einziges Geräusch herauszubekommen. Der Loklenker hatte eine Zornesröte im Gesicht, wie er sie vermutlich noch nie hatte. In seinem Kopf zeigten sich in diesem Moment die Bilder seiner gewaltdurchdrängten Kindheit wie ein Film, der nicht zu stoppen war. Da er nur schwer atmend vor ihr stand, senkte Uschi ihren Kopf, gab einen winzigen Schlucklaut von sich und schlich links an Stiel vorbei. Erst als sie den Raum verlassen hatte, ging er zu seinem kleinen Jungen, kniete sich reumütig zu ihm herunter und nahm ihn in den Arm. Olaf schluchzte nach wie vor, aber begann wieder, sich zu beruhigen, sobald er in den Armen seines Vaters war.

„T…t…tut mir leid, Papa", stammelte der kleine Junge, dessen Tränenfluss nicht aufzuhalten war.

„Dir muss doch nichts leidtun. Du kannst doch nichts dafür.", sagte Stiel leise und beruhigend zu seinem gebrochenem Kind.

Der Loklenker ließ Olaf nun langsam los und setzte ihn vorsichtig auf. Beim Anblick seines Vaters konnte er langsam Herr über seine Tränen werden. Man sah dem kleinen Jungen an, dass er jetzt versuchte, besonders tapfer gegenüber seinem Vater zu wirken. Der Vater wiederum wirkte nun auf einmal wie der Wehleidige, der im inneren von den schlimmsten Selbstvorwürfen gequält zu sein schien. Doch auch Papa Stiel unternahm den Versuch, möglichst tapfer zu wirken.

„Kommt das öfter vor, mein Sohn?", fragte der Lenker nun mit etwas ernsterer Stimme.

„Nur ganz selten, Papa.", erwiderte der kleine Junge darauf.

Obwohl Stiel hin- und hergerissen zwischen Wut und Erleichterung zu sein schien, nahm er Olaf an die Hand und sprach erstaunlich viele Worte zu dem kleinen Jungen, was dieser nur sehr selten erlebt hatte:

„Ich hatte mein Frühstuck zu Hause vergessen, weshalb ich nochmal umdrehte, um es zu holen. Zum Glück kam ich wieder. Mein Sohn: ich werde nicht zulassen, dass deine… dass diese Frau… meine Frau… dich schlägt. Ich

bringe dich jetzt erstmal zur Nachbarin. Bei ihr kannst du

dich beruhigen. Nach der Arbeit hole ich dich wieder ab

und wir werden dann alles beim Abendbrot klären.

Versprochen!"

Sobald Stiel diese ungewöhnlich vielen Worte

ausgesprochen hatte, zog er Olaf förmlich aus dem Haus.

Uschi würdigte er dabei keines Blickes. Er brachte den

kleinen Jungen zur Knusperhexe, übergab ihr diesen

wortlos und ging wieder in Richtung Loklenkerhäuschen.

Nicht mal seine Butterbrote hatte er mitgenommen.

An seinem Heiligtum, dass er immer seltener als dieses

wahrnahm, angekommen, setzte er sich stumm und ohne

jede Regung auf seinen Stuhl und saß einfach nur da,

ohne auch nur einmal seine Miene zu verziehen. Den

gesamten Arbeitstag lang, mit Ausnahme der seltenen

Gelegenheiten, in dem ein Zug vorbeifuhr, sah er seinen

Sohn vor sich, der sich unter Tränen auf seinem Bett

windet. Dann sah er Uschi, diese bösartige Frau, die den

Frieden seiner zum Schein heilen Welt störte. Er geriet

innerlich in Wut, wenn er Uschi vor sich sah, doch saß

dabei ganz still da.

Als sich sein Arbeitstag dann dem Ende neigte, zeigte er

auch äußerlich langsam wieder Regungen. Doch schien

sich seine Wut in der Zeit zu Selbstmitleid gewandelt zu

haben, denn er stammelte nun leise vor sich hin, dass es

alles seine Schuld sei.

Dieses Stammeln behielt er auch auf dem gesamten Nachhauseweg bei. Hatte es zuerst eine Form, in der er sich selbst die Schuld dafür gab, Olaf nicht genug vor Uschi geschützt zu haben, so wandelte es sich bis Apen dazu, dass es doch vielleicht nur ein Missverständnis war. Stiel klopfte an der Tür der Knusperhexe und holte Olaf, der sich insgesamt vom Schock des Morgens erholt hatte, ab, um zusammen mit ihm nach Hause zu gehen.

Dort angekommen, zogen sich der Loklenker und Olaf um und setzten sich danach an den gut gedeckten Tisch.

Allem Anschein nach versuchte Uschi Stiel zu besänftigen. Eigentlich war das aber gar nicht mehr nötig, denn der Richtungsmeister der Loks brummte zwar nach einer längeren Zeit des Schweigens, dass das so nicht ginge und dass Uschi sich sofort mit Olaf versöhnen solle, was diese dem Anschein nach auch tat, indem sie sich bei dem Jungen entschuldigte. Doch ansonsten musste sie nichts weiter befürchten.

Nach dem überaus ausführlichen Gespräch begab sich Stiel in sein Schlafzimmer und wollte ein paar Stunden schlafen. Er entkleidete sich, legte sich in sein Bett und schloss die Augen. Nicht viel später war er bereits eingeschlafen.

Dieser Schlaf war aber nicht eben der erholsamste, da Stiel in diesen Stunden von einem Albtraum gequält wurde. Dieser spielte kurz nachdem er seine Eltern verlassen hatte und ins Waisenhaus ging. Die Leiterin des Waisenhauses neigte dazu, die Kinder auf sehr seltsame Weise erziehen zu wollen. Sie sagte ihnen, wie sie sich, egal in welcher Lebenssituation, zu verhalten hatten. Hielten sie sich nicht daran, dann wurden immer einzelne von ihnen in den Keller gebracht. Und dieser war gefüllt mit seltsamen Dingen. Zum Beispiel lagen dort mehrere Geräte, die an Zangen erinnerten, aber wahrscheinlich eher Nussknacker für den Winter waren. Auch erblickte Stiel dort einmal eine Spritze, die ihm ziemlich viel Angst einjagte, zumindest bis ihm einfiel, dass der Arzt ja vor kurzem da war und vermutlich die Spritze vergessen hatte. Den Großteil des Kellers nahm jedoch eine Maschine ein, die er damals nicht zuordnen konnte. Sie machte seltsame Geräusche und hatte eigenartige Schnüre, die an ihren Enden kleine Geräte hatten, die ein wenig wie Telefonhörer aussahen. Stiel war jedoch zu späterer Zeit sicher, dass es sich dabei um eine Art Heizungssystem handeln musste.

In diesem Keller spielte Stiels Traum. Er sah dort diese Maschine, die entsetzliche Geräusche machte, die in etwa wie ein gequältes Röcheln klangen. Plötzlich kamen zwei schwarz gekleidete Frauen, packten ihn an den Armen und schnallten ihn auf eine Trage neben der Maschine. Die Gesichter der beiden Frauen verzerrten sich zu grauenvollen Fratzen und eine der beiden begann plötzlich

Stiel zu würgen – und zwar so stark, dass er keine Luft mehr bekam. Die Frau, die ihn in ihrem eisernen Griff würgte, verwandelte sich auf einmal in seinen Vater, während die andere plötzlich zu seiner Mutter wurde, die krankhaft anfing zu lachen. Beide, sowohl der Vater als auch die Mutter, hatten gelblich-dämonische Augen, die blutunterlaufen waren und Stiel unaufhörlich anstarrten, während der Vater ihn weiterhin würgte. Die Mutter hingegen nahm ein Messer in die Hand und schnitt sich auf einmal selbst in den Arm. Daraufhin schnitt sie auch dem Vater in den Arm, der trotzdem nicht von Stiel abließ. Auf einmal machte seine Mutter eine Geste, als wolle sie sich das Messer selbst in die Brust rammen. Als sie gerade damit begann, sich selbst den Stoß in ihr Herz geben zu wollen, erwachte der Loklenker schweißgebadet. Zitternd schaute er sich um und realisierte dann langsam, dass das Ganze nur ein Traum war – ein äußerst schrecklicher Albtraum.

„Gott sei Dank!", sagte er leise vor sich hin, bevor er sich erhob und diesen Traum schleunigst vergessen wollte. Das Vergessen wurde bisweilen allerdings immer schwieriger, da es nicht das erste Mal war, dass dieser Traum ihn heimsuchte.

Kapitel 5

Es waren bereits viele Wochen vergangen, seit das Drama zwischen Olaf und Uschi seinen traurigen Höhepunkt erreichte. Seitdem gab es aber immerhin keine derartigen Vorfälle mehr, weshalb der Loklenker zumindest diese Gedanken erfolgreich verdrängen konnte.

Die anderen Gedanken und Erinnerungen, insbesondere die an seine Eltern und an seine Zeit im Waisenhaus, verfolgten ihn aber weiterhin, wenn er auch versuchte diese ebenfalls zu verdrängen.

Und eben diese unvollendete Kunst der Verdrängung wendete sich nun gegen den Loklenker. Denn Stiel hatte gar nicht mehr daran gedacht, dass sein Chef ihm einst ein Stück Land für die Familie Stiel geschenkt hatte. Doch an einem Donnerstag kam eben dieser zu seinem Bahn-Richtungs-Veränderungs-Spezialisten und sagte ihm, dass das Stück Land ab sofort für die Familie Stiel zur freien Verfügung stünde. Loklenker Stiel nahm dies emotionslos zur Kenntnis und als er am Abend mit seiner Familie beim Abendbrot zusammen saß, erwähnte er es gelangweilt und wunderte sich noch darüber, dass Uschi sich beinahe hysterisch darüber zu freuen schien. Immerhin ging es doch nur um ein kleines Stück Land, das zwar den Ertrag der Familie insgesamt steigern und die Kosten somit senken konnte, da die Stiels nun nicht mehr dazu gezwungen waren monatlich einen riesigen Sack Kartoffeln kaufen zu müssen, doch letzten Endes nur ein Stück Land war. Auch die freudigen Rufe seiner Frau, dass nun alles besser werden würde, nahm Stiel einfach zur Kenntnis, ohne weiter darüber nachzudenken.

Ohnehin versuchte Stiel in letzter Zeit immer häufiger, seine Gedanken irgendwie unter Kontrolle zu halten. Er wollte so verhindern, dass ihn die Vergangenheit weiterhin quälen konnte. Doch führen eben solche Versuche meistens dazu, dass das Ganze nur noch schlimmer wird. So war es auch beim Loklenker, der zwar Gedankeneindringungsversuche seines Vaters, Uschis oder auch seiner ersten Frau durchaus abwehren konnte, aber deshalb innerlich immer leerer zu werden schien.

Als der Loklenker, am Tage nach der Ankündigung, wieder an seinem Loklenkerhäuschen war, ging er die wenigen Meter zu seinem neuen Stück Land und schaute es sich etwas genauer an, obwohl er auch dabei ziemlich desinteressiert wirkte. Er umkreiste es einige Male und ging dann in sein Häuschen zurück, ohne einen weiteren Gedanken daran verschwenden zu wollen.

Anstatt, wie sonst, über irgendetwas nachzudenken, versuchte er einfach die Ruhe und die Stille der weiten Einsamkeit des Waldes zu genießen. Einzig das

Rauschen der Blätter in den Baumkronen, die im sanft wehenden Wind unter dem bewölkten Himmel tanzten, und das Zwitschern der Vögel waren zu hören. Die Vögel wirkten auf Stiel jedoch ein wenig, als wollten sie ihm irgendetwas mitteilen, da er ihre Gesänge diesmal wesentlich intensiver zu hören glaubte als sonst.

Nachdem Stiel den Geräuschen der Natur einige Minuten lang gelauscht hatte und dabei die Augen geschlossen hielt, riss er diese aus heiterem Himmel plötzlich auf und realisierte erstmals, was eigentlich geschehen war. Dieses Stück Land, was ihm bei jeder Erwähnung immer eine gewisse Ruhezeit verschaffen konnte, da Uschi dadurch immer gute Laune bekam, sollte ja schon bald genutzt werden. Es lag nur wenige Meter von dem letzten Ort entfernt, an dem der Loklenker für sich sein konnte. Wenn aber ab sofort Uschi dort das Feld bestellen wolle, wo solle Stiel dann die Einsamkeit genießen?

Im Ich-liebe-die-Einsamkeit-Lenker kochten nun alle Emotionen hoch, die er die letzten Wochen unterdrückt hatte. Er zitterte, weinte und schrie in den Wald, warum die Götter so ungerecht seien. Seine verdrängten Erinnerungen überwältigten ihn nun ebenfalls wieder. Die schreckliche Kindheit bei den Eltern, die Einschränkungen und Einengungen im Waisenhaus, die glückliche Zeit mit seiner ersten Frau und ihr plötzlicher Tod – all das lief wie ein Film rauf und runter.

Irgendwann hatte Stiel sich dann, zumindest augenscheinlich, wieder im Griff. Er stellte sich stramm hin, wie er es beim Singen in der Kirche immer wieder tat, schaute mit trostlosem und leeren Blick in den Wald, hielt seinen Nacken dabei gerade und redete sich selbst immer wieder ein, dass doch alles nicht so schlimm werden würde.

Kapitel 6

Es war der Tag gekommen, an dem der Loklenker mit dem Gedanken zu seinem Arbeitshäuschen ging, dass er dort nie wieder allein sein sollte. Denn es war jener Tag, an dem sich Uschi, zusammen mit den Kindern, zu dem Stück Land aufmachen sollte, welches Stiel zu früheren Zeiten einige ruhige Stunden geschenkt hatte, wenn er es erwähnte, nun aber zu seinem persönlichen Albtraum zu werden schien.

Stiel versuchte, zumindest die wenigen Augenblicke zu genießen, in denen er für sich sein konnte, bevor seine Frau auftauchen würde.

Seit dem Tage, an dem Loklenker Stiel erstmals auffiel, dass er sich selbst die ruhigen Stunden genommen hatte, hatte er wieder die schrecklichen Erinnerungen an seine Jugend und Kindheit, die ihn unaufhörlich verfolgten und die er auch nicht mehr verdrängen konnte. Er wirkte seitdem dauerhaft nervös und sprach selbst mit Olaf nur noch sehr wenig.

Einige Stunden nach seiner eigenen Ankunft nahte Uschi mit den Kindern heran und blieb ein paar Meter vor dem Häuschen des Bahngleis-Weiterwink-Spezialisten stehen, so als würde sie sich nicht weiter herantrauen. Die Kinder ließen die Hackebeil-Frau allerdings einfach stehen und rannten zu Stiel, um ihn zu begrüßen. Der wiederum umarmte die Kinder zwar, ließ dabei aber schon ziemlich jede Herzlichkeit vermissen.

Kurz darauf zeigte er Uschi das Stück Land, sagte den Kindern, dass sie in der Nähe bleiben sollen und ging wortlos wieder in sein Häuschen.

Die Fleischverarbeitungskünstlerin, die sich nunmehr der hohen Kunst des Ackerbaus verschrieben hatte, beachtete die Kinder auch nicht weiter und machte sich ans Werk.

Olaf und Chantal spielten währenddessen zuerst Verstecken und dann schließlich Fangen. Bei Letzterem gerieten die beiden allerdings in Streit. Doch da Uschi mit ihrem Ackerprojekt beschäftigt war und der Loklenker sich in seine Bahnhütte zurückgezogen hatte, drohte der Streit der Kinder zu eskalieren.

Chantal, die sich für ebenso stark hielt wie ihre Mutter, verdrehte Olaf im Laufe der Auseinandersetzung mehrfach den Arm, zog ihn an seinen Haaren umher und schubste ihn mehrfach um. Selbst als der Junge durch einen Sturz am Kopf blutete, hörte das Mädchen nicht auf.

Endlich bekam es auch der Loklenker mit, der nach draußen eilte und die Kinder auseinanderzuhalten versuchte. Sie sollen sofort mit dem Unsinn aufhören, da der Zug gleich käme und sie direkt neben den Gleisen seien, schimpfte Stiel die beiden lautstark an. Doch an diesem Tage schien Chantal besonders aufmüpfig zu sein, denn sobald der Vater die beiden wieder losließ, wollte sie wieder auf Olaf losgehen.

In dem nun folgenden hektischen Handgemenge, bemerkte der Loklenker nicht, dass sich der Zug sichtbar näherte. Als Chantal Olaf dann einen heftigen Kratzhieb auf die Wunde an seinem Kopf gab, reichte es dem kleinen Jungen. Er gab dem Mädchen einen starken Stoß... der alles verändern sollte.

Der herannahende Zug versuchte noch zu bremsen, doch dieser Versuch war hoffnungslos. Und nur wenige Augenblicke später lag die kleine Chantal, die vom Zug einige Meter weit von den Schienen weggeschleudert wurde, regungslos am Boden.

Uschi, die es nun ebenfalls mitbekommen hatte, rannte weinend und schreiend auf ihre kleine Tochter zu – und der Zug war mittlerweile auch zum Stehen gekommen. Aus diesem stiegen einige Männer aus, die sofort nachschauen wollten, ob es Chantal überlebt hatte. Da das kleine Mädchen sich nicht rührte, trugen die Männer sie in den Zug. Mutter Uschi begleitete sie und stieg mit in den Wagon, um ihre Tochter in die nächste Stadt zu einem Arzt zu bringen.

Zurück blieben der Loklenker und sein kleiner Olaf, die beide kreidebleich und völlig starr nebeneinanderstanden. Sie gaben keinen Laut von sich und passten sich so der plötzlichen Stille ihrer Umgebung an. Nach einigen Sekunden, die dem Gefühl nach eine Ewigkeit dauerten, brach der kleine Olaf zusammen und kniete auf dem Boden. Seine Tränen entwickelten nun ein Eigenleben und schossen nur so über sein Gesicht. Dem Jungen wurde endgültig bewusst, was er gerade getan hatte.

Der Loklenker, der in den ersten Momenten ebenfalls völlig starr war, beugte sich zu seinem Sohn hinunter und umarmte ihn fest.

„Alles wird gut!", flüsterte Stiel dem Kleinen zu und hob ihn auf seine Arme, sodass Olaf praktisch in der Luft schwebte. Schweigend lief der Loklenker mit seinem weinenden Kind nach Apen, ignorierte die Bewohner des Dorfes, die sensationslüstern nachfragten, was der Junge denn habe, und ging in sein Haus. Er brachte das Kind in sein Zimmer und setzte es auf sein Bett.

Olaf, der sich mittlerweile wieder etwas beruhigt hatte, schaute seinen Vater mit den großen, von den Tränen noch sehr verquollenen Augen an und wartete wohl darauf, dass der Loklenker irgendetwas sagen würde.

Stiel, der, seit er Olaf auf dem Bett abgesetzt hatte, seinen Kopf gesenkt hielt, erhob seinen Blick zu seinem Sohn – und weinte nun selbst. Er legte seine Hände in den Schoß des kleinen Jungen und sagte mit zitternder Stimme: *„Es ist nicht deine Schuld. Sie wollte dich quälen!"*

Plötzlich fing der Loklenker wie besessen an zu lachen, während er aber gleichzeitig noch weinte.

„Sie wollte dir wehtun, Olaf. Du hast dich nur verteidigt. Gegen großes Unrecht… gegen das Böse… sie hat es nicht besser verdient!", sagte Stiel in beängstigender Weise.

Er rückte näher an Olaf heran: *„Ja, sie hat es nicht besser verdient… sie war böse… Ich kenne das Böse… Ich kenne es… Vater hat mir auch immer Unrecht angetan… Mutter hat mich immer als dumm bezeichnet… ja, sie haben mich gequält… IMMER!"*, schrie der Loklenker mittlerweile in einer ungeahnten Lautstärke.

„Papa… ich habe Angst…", winselte Olaf leise.

„Das musst du nicht. Vater und Mutter… sie haben es bereut, dass sie mir Unrecht antaten… bitter bereut haben sie es… aber… sie hatten es verdient…!", zischte Stiel förmlich vor sich hin.

„Papa… was hast du mit ihnen gemacht?", fragte der kleine Junge mit einer spürbaren Angst in seiner Stimme.

„Nichts… und doch alles… ich war frei… und du hast dich auch befreit… ich bin stolz auf dich… so unendlich stolz…! Ich weiß… es ist im ersten Moment schwer… aber ich werde dir helfen… damit du nicht leiden musst… komm her, mein Junge…!", flüsterte Stiel Olaf zu und drückte ihn solgleich fest an sich. Er drückte den Jungen derart fest an sich, dass dieser sogar versuchte sich irgendwie

herauszuwinden. Aber vergebens: Loklenker Stiel presste seinen kleinen Sohn so lange an seinen eigenen Körper, bis dieser aufhörte zu zappeln – und zwar für immer.

Olaf, der kleine und schmächtige Sohn des Loklenkers, war tot – getötet von seinem eigenen Vater, der seinerseits nur über dem leblosen Körper seines Sohnes kniete und ununterbrochen weinte.

Am nächsten Tag kehrte Uschi ohne Chantal nach Apen zurück. Das kleine Mädchen hatte den schweren Zugunfall nicht überlebt und war in der Nacht gestorben. Die Frau des Loklenkers schloss die Tür zum Hause auf, schlich mit gesenktem Kopf hinein und ging zu Olafs Zimmer, da sie mit ihm über die Sache sprechen und sich mit ihm endgültig versöhnen wollte. Man kann sagen, dass der Tod der Tochter einen Wandel in ihr ausgelöst hatte. Sie wollte den Rest ihrer Familie nun bedingungslos lieben.

Als sie Olafs Zimmer erreichte, sah sie den kleinen Jungen leblos auf seinem Bett liegen. Uschi wollte zu ihm hinrennen, versuchte irgendwie zu schreien, doch all das klappte nicht und sie brach zusammen.

Stunden später hörte sie plötzlich Stimmen und kam langsam wieder zu sich. Ein Mann, der offenbar von der Polizei war, stand neben der mittlerweile auf einer Trage liegenden Uschi. Jedoch konnte sie noch nicht auf sich aufmerksam machen, da ihr Körper dies in diesem

Moment nicht zuließ. So wurde Uschi unweigerlich Zeugin eines Gespräches über ihren Mann.

„Es ist schon eine Schande. Zuerst verliert die arme Frau ihre Tochter und nun auch noch ihren Stiefsohn und ihren Mann.", sagte der offenbar rangniedere Polizist zu seinem Vorgesetzten.

„Weiß die Dame eigentlich, was ihr Mann einst getan hatte?", fragte der Vorgesetzte.

„Wenn ich mich recht erinnere, wurde seine Vergangenheit vor dem Dorf geheim gehalten. Wir gingen damals davon aus, dass er wieder gesund ist.", sagte nun ein anderer Polizist.

„Wenn man es nicht wusste, wäre man wohl kaum auf die Idee gekommen, dass Stiel zuerst seine Eltern brutal ermordet und danach mehrere Jahre in einer Nervenheilanstalt verbracht hatte. Immerhin wirkte er sehr umgänglich.", sagte der Vorgesetzte mit einem leichten Unbehagen in der Stimme.

„Das stimmt. Er nannte die Heilanstalt immer Waisenhaus. Wir ließen ihn in dem Glauben. Eigentlich sollte er die Einrichtung auch niemals verlassen, weil die Tat so schwer war. Aber dann lernte er dieses Mädchen kennen. Klein, blond und sehr in sich gekehrt. Sie war um einiges jünger als Stiel. Und sie schaffte es, dass sein Geist sich derart beruhigte, dass er keine Gefahr mehr darzustellen schien. Wir beschlossen damals, dass Stiel unter

Vorbehalten entlassen werden könne.", sagte der erste Polizist, der sich deswegen Vorwürfe zu machen schien.

„Und habt ihr das Mädchen mit ihm entlassen?", fragte der Vorgesetzte den reumütigen Beamten.

„Nein. Erst wesentlich später. Wir entließen Stiel damals quasi unter Aufsicht. Er musste in Apen leben, bekam dieses Haus und eine Arbeit als Loklenker von uns, damit er nicht zu viel mit anderen Menschen zu tun bekommt. Erst, als Stiel nach vielen Jahren Anzeichen von Depressionen zeigte, entließen wir auch das Mädchen und sorgten dafür, dass Stiel sie heiratete. Da sich Stiel ab dem Tag der Hochzeit beruhigt zu haben schien, ließ auch unsere Beobachtung nach.", erläuterte der Polizist, der die ganze Zeit seine Hand an seinen eigenen Kopf hielt.

„Ich verstehe. Und dann starb diese Frau. Aber sie hinterließ den kleinen Sohn. Dieser schaffte es, Stiel ruhig zu halten. Offenbar haben die Dame auf der Trage und die Tochter dieses Ventil, in Form des Sohnes, irgendwie gestört. Es war also alles nur eine Frage der Zeit. Wenn die Frau wieder zu sich kommt, dann lasst mich mit ihr sprechen!", sagte der leitende Beamte, während er sich bereits zur Tür bewegte.

Ein anderer Polizist und zwei Sanitäter gingen zur Trage und schleppten sie hinaus. Uschi, die sich nach wie vor nur wenig rühren konnte, schaffte es, einen kurzen Blick in das Wohnzimmer werfen zu können. Das letzte, was sie sehen konnte, bevor sie mit der Trage aus dem Haus getragen wurde, war Loklenker Stiel, der, baumelnd an einem Seil, von der Decke hing.

Und so endete die Geschichte von Loklenker Stiel. Als sein Nachfolger den Dienst am Bahnübergangshäuschen antrat, sah er an einer Stelle, an der offenbar ein Steinkreis gebildet wurde, eine kleine Blume. Sie blühte und schien voller Lebensfreude die ganze, stille Umgebung mit Leben erfüllen zu wollen. Und auf die eindrucksvolle Blüte schien, golden schimmernd, ein einsamer Sonnenstrahl.

Nachwort

Zu meiner Person:

Krone SK

Geboren am 03.04.1990 in Erfurt

Mysterien-YouTuber, Dichter, Autor/Schriftsteller

Ich schreibe seit 2006 Gedichte, Kurzgeschichten und auch Romane. Bisher wollte ich, von einem Gedichtband abgesehen, nichts veröffentlichen. Dies hat sich nun aus verschiedenen Gründen geändert.

Literatur:

September 2017 – Totes Eis, Gedichtband – bald in Neuauflage wiederveröffentlicht

Dezember 2019 – Loklenker Stiel – Eine Reise in eine Welt voll witziger Gedanken und finsterster Abgründe